ALFAGUARA INFANTIL

1971, Elsa Bornemann
c/o Guillermo Schavelzon y Asoc. Agencia Literaria
info@schavelzon.com

De esta edición

2001, Aguilar, Altea, Taurus, Alfaguara S.A.
Av. Leandro N. Alem 720 (C1001AAP), Buenos Aires, Argentina

ISBN: 978-987-04-0353-1

Hecho el depósito que marca la Ley 11.723
Impreso en la Argentina. *Printed in Argentina*

Primera edición: julio de 2001
Cuarta reimpresión: octubre de 2005
Segunda edición: abril de 2006
Sexta reimpresión: enero de 2012

Edición: María Fernanda Maquieira
Diseño de la colección: Manuel Estrada

Bornemann, Elsa
  El espejo distraído - 2a ed. 6a reimp. - Buenos Aires : Aguilar, Altea, Taurus,
Alfaguara, 2011.
    128 p. ; 20x12 cm. (Serie morada)

  ISBN 978-987-04-0353-1

  1. Narrativa Infantil Argentina. I. Título
  CDD A863.928 2

El espejo distraído
(Versicuentos)

Elsa Bornemann

Ilustraciones de Matías Trillo

*Para Fernando, Isabel
y Nobuyuki Adachi, junto
a quienes volví a jugar
a la mamá.*

Queridos chicos:

En el dormitorio de la casa de mis padres había un espejo. Mejor dicho, hay *un espejo, pero a mí me parece que no fuera el mismo de antes. Les voy a contar por qué: cuando yo era chica y sabía hacer cosas importantes, tales como gastar enteritas las siestas del verano corriendo tras las mariposas o dibujando con tiza en las paredes, ese espejo jugaba conmigo. Sí. Como lo oyen: jugaba conmigo. Yo me paraba frente a él y ya no estaba sola. Desde su luna brillante y ovalada me sonreía una nena muy parecida a mí que, tocándome la cabeza con una varita, lograba convertirme en dragón, humo o astronauta... Algunas veces, como era un espejo bastante distraído, me reflejaba de manera* muy cómica... (sin mi flequillo por ejemplo, o con un moño de más).

Pero yo crecí, me vine grande... y mi espejo también. Por eso, aunque a veces –cuando nadie nos mira– lo visito y le hablo, él bosteza aburrido... y ya no sabe jugar.

Bornemann (o Elsy)

El espejo distraído

Tengo un espejo distraído.
Me marea con sus olvidos.
Sé que no lo podrán creer
pues –coqueta– me miré ayer
y él, como siempre está en la luna,
no reflejó imagen alguna.
Por supuesto, yo me asusté;
muy enojada lo reté.
Él, entonces, se disculpó
y enseguida me dibujó...
mas con la cara empañada
y media trenza borroneada.

Adivinen lo que pasó
cuando mi tío se miró
utilizando una gran lupa
y teniendo la gata a upa...
Pues mi espejo tan distraído
hizo una mezcla, confundido,

y mi tío se vio con cola,
bigotes, una mano sola,
el chaleco descolorido
y su cigarro en dos partido...
¡Y la gata casi se mata
al reflejarse con corbata!

CANCIÓN MÁGICA PARA TENER TRES CABRITOS

Corté tres cabritos
con esta tijera:
uno de esa hoja
de papel madera,
otro de una tapa
que hallé en el armario
y el más chiquitito,
de papel de diario.

Cerrando los ojos
dije: —¡Abracadabra!,
¡que hasta el sol se arrugue!
y ¡diente de cabra!
Entonces, con miedo,
abrí la ventana...
¡y entró una pradera
bien verde, con ganas!

También entró un árbol
casi anaranjado,
un viento redondo
y un charco floreado…
Pero con su flauta
pasó un pastorcito
y se llevó –ingrato–
a mis tres cabritos.

PARA CANTARLE A LA SEMANA

A los siete días
de cada semana,
los guarda mi tía
en bolsa de lana.
El Domingo rosa,
con gusto a frutilla,
suelta mariposas
y la maravilla...
Al Lunes, el día
de color de té,
lo envuelve mi tía
con papel glacé.
Como a una niñita
cuida al Martes verde:
lo guarda en cajita,
si no, se lo pierde.
Al Miércoles, día
color amarillo,
lo esconde mi tía

dentro de un bolsillo.
Al Jueves, chiquito
pestañas de tilo,
en bello baulito
que es de cocodrilo.
Y al Viernes celeste,
acurrucadito,
—cueste lo que cueste—
dentro de un frasquito.
Pero es su tesoro
el Sábado azul...
(va en sillita de oro
tapizada en tul).
De todo le cabe
en su bolsa a tía...
¡pero nadie sabe
que guarda los días!

LOS QUINTILLIZOS CIEMPIÉS

La Señora Ciempiés, en Polvorines,
tuvo cinco hermosos chiquilines.
    Está muy encantada
    pero también cansada
de tejer los quinientos escarpines.

Dibuja aquí

El viento se ha perdido

Una noticia triste
ha salido en el diario:
¡EL VIENTO SE HA PERDIDO!
¡QUE SALGAN A BUSCARLO!
Allá van, con sus picos,
cien enanos de blanco,
con una red grandota
como para atraparlo.
También salen los grillos
vestidos de soldados
y un escuadrón de pinos
armados con sus palos.
¡EL VIENTO SE HA PERDIDO!
¡NO SABEN DÓNDE HALLARLO!
(lo repite con miedo
el espejo del lago).
El rey de la mañana
se aburre en su palacio.
Los molinos bostezan.

El bosque está callado.
Nadie sabe que el viento
a mi puerta ha llamado,
que es mi amigo que viene
con su saco gastado
a reposar en casa
de todo su cansancio...
¡Que lo busquen furiosos
los enanos de blanco!
¡Hoy el viento no quiere
regalar su trabajo!
¡Que el rey de la mañana,
descalzo por el prado,
se trepe a los molinos...
que los muevan sus brazos!,
¡que lo ayuden los grillos
vestidos como aldeanos!
Hoy el viento en mi casa
descansa acurrucado
y sueña un sueño lleno
de veletas y gallos...

un sueño de juguete,
con gorro colorado,
donde una vez –siquiera–
tiene un día feriado.

Historia miope

Era tan corta de vista
que no veía un camello
patinando en una pista.

Cuando cerraba los ojos,
para ver lo que soñaba
dormía con anteojos.

EL GRILLITO RENGO

En la repisita
de mi pieza tengo
con su muletita,
un grillito rengo.

En un accidente
su pata quebró:
alguien –imprudente–
al pobre pisó.

Después, ni un poquito
le pidió perdón
y, solo, el grillito
quedó en el cordón.

Yo iba en bicicleta
a hacer un mandado:

a comprar panceta
y queso rallado.

Y esa primavera
de sol amarillo,
escuché en la acera
el grito del grillo.

Frené. Y asustada
lo encontré enseguida,
con su capa ajada
y su pata herida.

Lo puse en mi palma,
junté sus chancletas
y subí con calma
a mi bicicleta.

En Clínica Rojo
cayó desmayado

y al abrir los ojos
se encontró enyesado.

En medio minuto
su pata curó
pero entonces supo:
"Torcida quedó".

Al leer la receta
¡uy! lloró bastante:
—Debe usar muleta
de hoy en adelante.

Le dije —Es domingo,
no debes llorar...
Eres bueno y lindo
y sabes cantar.

Le lavé la cara,
soné su nariz

–de forma tan rara–
y lo vi feliz.

Desde entonces canta
cada día mejor...
¡A todos encanta
el grillo tenor!

¿Qué importa si es rengo
y usa muletita
si es bueno y lo tengo
en mi repisita?

LA SEÑORITA AGUAVIVA

La señorita Aguaviva
–vanidosa como diva
que a nadie deja acercar–
todo el día va a pasear
por la orillita del mar.

Y al verla, a veces, muy quieta,
tomar sol, tan pizpireta,
con su traje transparente,
murmura toda la gente:
"¿La Aguaviva? ¡Qué indecente!".

CASITA DE PAPEL

La casita de los versos
es de papel y chiquita,
pero allí cabe de todo
lo que uno necesita
en sus siete habitaciones
con sus siete ventanitas:

En una hay sueños violetas,
hay en la otra, sonrisas;
en la tercera, un gigante
bien dibujado con tiza
que guarda hermosas palabras
debajo de la camisa...

En la cuarta habitación
un cofre con musiquitas;
en la quinta, dos espejos
para ver cosas bonitas...
(por uno se ven los pájaros
y por el otro, estrellitas...).

En la sexta habitación
cubre paredes y suelo,
un jardín de tulipanes
con césped de terciopelo
y escalera-caracol
para ir a bailar al cielo.

En la séptima hay dos lunas
en el fondo de un baúl:
una huele a azúcar tibia,
la otra a perfume azul...
una usa hebillas de oro,
la otra moños de tul.

¡Ay! ¡Qué casa primorosa,
de papel y tan chiquita!
pero... . ¿han visto?, cabe todo
lo que uno necesita
en sus siete habitaciones
con sus siete ventanitas.

Un avestruz

Una vez, hace mucho, un avestruz
se marchó de paseo a Santa Cruz.
Pero lo raro fue
que no se marchó a pie,
sino muy bien sentado en autobús.

ROMANCE DE LA CANOA Y EL RÍO

Cuentan que era blanca
y que amaba al río
y que él la esperaba
de tarde, a las cinco.
Ella, una canoa,
él, un verde río...
Ella, de madera,
él, de junco y brillo...
Cuentan que se amaban
tal como dos niños
y que en cada cita
espiaba un grillo.
Ella, con sus brazos
de remos antiguos
–dulce– acariciaba
su cara de vidrio.
Y él, con sus labios
de agua –muy tibios–
toda la canoa

besaba a las cinco.
Cuentan que una tarde
de color ladrillo
la canoa blanca
no vino... no vino...
Loco de tristeza
la llamaba el río:
a toda la costa
salpicó su grito…
¡Ay!, que sin oírlo
un pescadorcito
la canoa blanca
llevó hacia otro río.
Cuentan que a las tardes,
cuando dan las cinco,
los labios del agua
se ponen muy fríos:
buscan la canoa...
sus remos antiguos...
La lloran los sauces
y la extraña el grillo.

EL TALLER DE LA SEÑORITA LLUVIA

Señorita Lluvia,
quiero conocer
en las nubes negras
su hermoso taller.
Señorita Lluvia,
¡véngame a buscar!
tras de la ventana
la voy a esperar.
Qué gotas tan lindas
sabe hacer usted...
Redondas... brillosas…
que borran mi sed.
Gotas transparentes,
vestidas de gris...
¡Enséñeme a hacerlas!
¡Seré su aprendiz!
Señorita Lluvia,
déjeme pasar...

No tocaré nada.
Yo quiero mirar...
Ah... Me gusta verla
trabajando así...
Su abrazo mojado
regáleme a mí.
Señorita Lluvia,
toque, sea buena,
su charango de agua
que tan dulce suena.

Dibuja aquí

Mis canillas

Mis canillas no siguen la moda:
no dan agua lo mismo que todas.
    En vez de "F" y "C"
    pinté "S" y "V"
¡y al abrirlas me dan vino y soda!

Me encontré conmigo

Es algo increíble
lo que me pasó...
¡Qué susto terrible!

¿Creen si les digo
que al doblar la esquina
me encontré conmigo?

¿Qué haces por acá?
Me dije asustada...
¿Y cómo te va?

¿Por qué lo preguntas
si tú ya lo sabes?
¿No vivimos juntas?

En un momentito,
todo eso me dije
pegando un saltito.

La noche estrellada
con la boca abierta
miraba asombrada.

Y si hasta temblando
Don Mudo, el Silencio,
se quedó escuchando...

No quise mirarme.
Cerrando los ojos
giré hasta marearme...

Un paso atrás di
y con media vuelta...
¡desaparecí!

ROMANCITO DE LA NIÑA
Y EL FANTASMA

Ha nacido un fantasmita
y yo seré su madrina.
Su mamá, Doña Fantasma,
casualmente, es mi vecina.
Lo miro: dulce y pequeño
en su sábana floreada...
con el pelo de puntillas
y carita almidonada...

—¡Cuidado, niña, mi niña!
—me dice el aire asustado—,
cuando crezca el fantasmita
puede llevarte a su lado...

Pues yo no le tengo miedo.
Si sabe llorar de veras,
con sus lágrimas redondas
me voy a hacer tres pulseras...
Jugaremos a la mancha

con su sombra y con la mía
y, tal vez, alguna tarde,
le enseñaré a que sonría.

—¡Cuidado, niña, mi niña!
—repite el viento espantado—,
puede llevarte una noche
en su velero alunado...

Mejor, así aprendería
canciones en fantasmés,
su modo de ver la luna
y de caminar sin pies...
Acaso le enseñaría
mi manera de mirar
a los pájaros del alba
o mi forma de soñar...

—¡Cuidado! —me grita y grita
la brisa desesperada—:
Niñas que aman a fantasmas...
¡terminan afantasmadas!

LOS GUSTOS DEL DÍA

La mañana tiene gusto a pan tostado.
La tarde... ¡a mandarinas! ¿La han probado?
La noche es muy sabrosa,
me sabe a tantas cosas...
Es un bombón de licor todo estrellado.

Arañas modernas

Paca es una araña
que —con arte y maña—
puso una botica
con su tía rica
allá, en el tejado
de un supermercado.
Y no hay quien atienda
como ella la tienda
pues vende de todo
con sus buenos modos:
tapados finitos
de piel de mosquito,
libros de bordado,
ñandutí importado...
¡y hasta maquinitas
de tejer chiquitas!
Arañas —¡horror!—
modernas, señor.
Ya nadie se extraña

viendo a las arañas
que en tienda de Paca
su crédito sacan
(a pagar —por vez—
seis moscas al mes)
porque necesitan
una maquinita.
Paca, con paciencia,
enseña la ciencia
de tejer las telas
a máquina y vela
sobre una columna
dando a sus alumnas
clases de tejido...
Es tan divertido
verlas en sus sillas
de ala de polilla,
veinticuatro horas
con la profesora
que en aquel tejado,
cual disco rayado,

su lección reitera,
con voz arañera...
"Aprendan y tejan,
niñas arañitas...
Así se manejan
estas maquinitas…".

Historia petisa

Era un hombre tan petiso
que parecía un chingolo
apoyadito en el piso.

En las noches del invierno
y para no sentir frío...
dormía dentro de un termo.

ESPANTAPÁJAROS

Espantapájaros,
cara de trapo,
estás llorando
desde hace rato.
Tus lagrimones,
color de paja,
los voy guardando
en esta caja
y a los gorriones
—tal cual pediste—
se los doy como
si fuese alpiste...
¡Ya a tu sombrero
de lluvia y plomo
suben ligero!
¡Ya picotean
—muertos de risa—
un remiendito
de tu camisa!

Lo tironean
hasta que vuela
a caballito
de alguna brisa...
y de la suela
de tu botín
—solo y gastado—
sacan piolín.
Espantapájaros,
ojos de trigo,
color prestado...
¡Tienes amigos!
¿No te han contado
que así, sonriendo
—nariz de higo,
cara de hollín—
vas pareciendo
el gran Chaplín?

Dibuja aquí

CUÉNTICO BÓBICO PARA UNA NÉNICA ABURRÍDICA

Una mañánica
de primavérica
hallé una láuchica
en la verédica.

Era muy rárica:
con dos mil rúlicos
sobre la cárica,
según calcúlico.

En su cartérica
guardaba heládico
de rica crémica
y chocolático.

Jugó a la abuélica,
también al ránguico,

pisa pisuélica
y bailó un tánguico.

Y muy ligérico
se fue en un cárrico
con su cochérico
y sus cabállicos.

No, no es mentírica
–cara de tórtica–
¿No crees nádica?
¡Pues no me impórtica!

LA BRUJA ENJABONADA

Cierta noche de lluvia, una bruja
cosió gotas con hilo y aguja.
Luego en el balcón
se comió un jabón
y ahora vive soplando burbujas.

EL SUBTERRÁNEO

Bajo la tierra
corre ligero.
Viene y se va...
y yo lo espero.

Sé que es extraño
pero así fue:
del subterráneo
me enamoré.

Lo quiero tanto...
(él no lo sabe).
Oigo su canto:
es como un ave.

Un ave oscura
bajo la calle.
¡Cuánta hermosura
su largo talle!

Yo lo visito
todos los días...
Sólo un ratito...
¡y qué alegría!

Juntos paseamos
túneles viejos
y juntos vamos
lejos... muy lejos…

Pero una noche
como ninguna
mira los coches
(noche sin luna).

Sé que está triste
mi subterráneo...
No ha visto el sol
en tantos años...

CANCIÓN CON SARAMPIÓN

¡Ay! ¡Qué desesperación!
¡Mi pulpo con sarampión!
Sus tentáculos rosados
aparecieron punteados
con manchitas coloradas,
circulares y ovaladas.
Lo encontré muy afiebrado,
inmóvil y acurrucado
en una esquina del mar.
Llamé urgente al Calamar
por teléfono marino,
pues es el doctor más fino
inteligente y capaz
que se haya visto jamás.
Tan pronto el doctor llegó,
a mi pulpo revisó.
Lo puso en una pecera,
lo acomodó en la heladera,
hasta que, en un ratito,

la fiebre se hizo cubitos.
Entonces, lo retiró
y en su cuna lo abrigó
mientras que –con una aleta–
escribía la receta:
"Comprimidos de corvina
e inyecciones de sardina
y para el fuerte catarro
unos fomentos de barro".

Ha pasado una semana
y ya mi pulpo se sana
mas –¡oh, desgracia espantosa!–
su enfermedad contagiosa
se ha transmitido en el mar
y ahora puedo observar
los cangrejos con puntitos,
afiebrados cornalitos,
la ballena acatarrada
y las langostas manchadas.

EL MOLINO DE PAPEL

Ayer me compró papito
un molinito
de papel.

Y como me gusta tanto
silbo y canto,
corro con él.

Te presto mi molinito
por un ratito
y vas a ver

cómo mientras va girando
te va enredando
en su color,

hasta que, pues tanto gira,
si tú lo miras
es una flor...

y parece que del palito
un brotecito
sale al sol.

LAS MANCHAS DE HUMEDAD

Bellas manchas de humedad
en el techo de mi pieza,
forman un país de hadas
justo sobre mi cabeza...
Y antes de que a mi almohada
me venga el sueño a buscar
con la mirada yo viajo
por ese hermoso lugar:
Veo, colgando hacia abajo,
desde una mancha punteada,
a un bicho de San Antonio
con sus alas decoradas.
Un minotauro, demonio
mitad hombre y mitad toro,
descansa en un laberinto
de manchitas color oro.
A su lado, un gallo pinto
de mudo kikirikí
lleva, alrededor del cuello...

(¿qué era eso...? ¡Me perdí!)
No importa. Y hay un camello
que es el del gran rey Melchor,
con una joroba sola
(se dice giba, es mejor).
También encuentro la cola,
flotando por un rincón,
de un gato que es invisible,
pero escucho su ron-ron.
Y un duendecito increíble
(barba postiza mal puesta)
con su cuerpo en tres doblado
usa la mancha que resta.
Si alguien –pobre– nunca tuvo
su cielo raso manchado,
lo invito a que vea el mío,
mágico, bello, encantado…

Cazador equivocado

—¡Con boleadoras —dijo Mambrú—
he cazado un bello ñandú!
    Pero pronto se vio
    lo que aquél enlazó:
¡No era el ave sino un gran ombú!

Dibuja aquí

CANCIÓN MEDIO TONTA
PARA DORMILONES

La brujita tonta
su escoba remonta
como un barrilete
y hace un firulete
cuando son las siete.

El cuco, muy bobo,
choca con el lobo
contra la neblina
que envuelve la esquina...
¡Siempre hace pamplinas!

El viejo que viene
con la bolsa tiene
la nariz tan chica
que nunca le pica...
¡Nadie se lo explica!

Y mi niño sabe
que esta gente cabe
sólo en las ficciones
de tontas canciones
para dormilones.

CARACOLADA

Miren qué pareja
rara y elegante:
caracola enana,
caracol gigante.
Pasan por la playa
con la carpa a cuestas,
(para no perderla
se la llevan puesta).
Él usa un sombrero
de paja, bonito,
por dos agujeros
salen sus cuernitos.
Y su novia enana
luce, femenina,
anteojos blancos
y una capelina.
Con finos bermudas
él va por la playa
y la caracola

con bikini a rayas.
Pero un viento loco
los burla soplando
y allá, por el aire,
se lleva volando
bikini, anteojos,
sombreros, bermudas...
Él queda sin ropas
y ella... ¡desnuda!
El caracol, triste,
tras ellos se lanza
y aunque corre y corre...
nunca los alcanza.
Y sin capelina,
sombrero ni guantes:
caracola enana,
caracol gigante.

Canción del sol resfriado

El sol está resfriado
en esta tarde de abril.
¡Ay! que estornuda, mareado,
quince rayitos, cien, mil...

Su tricota de neblina
la desteje por el cielo
una otoñal golondrina
aleteando con su vuelo.

Y el pobre sol, enfermucho,
se va quedando dormido...
Silencio... Está debilucho...
Va a asustarse... No hagan ruido...

SUEÑO DE ELEFANTA

Una elefanta gris y bien gordita
soñó que era una débil abejita
        y cuando despertó,
        tanto se confundió
que fue al campo a libar las margaritas.

EL REINO DE COSTURA

Sucedió esta aventura
en el Reino de Costura.

Lloró una tarde Dedal:
—¡Ay! ¡Que todo nos va mal!

Y citó a sus compañeros,
juntito al alfiletero.

Con banderas y carteles
llegaron los carreteles.

Entonaron las tijeras
una marcha bochinchera.

Se acercaron los ovillos,
los botones más sencillos,

las agujas de coser
y hasta el último alfiler...

Dedal, nervioso, tosió
tuvo hipo y carraspeó.

De pronto dijo: —¡Atención!,
el Rey Broche de Presión

vive alegre en su castillo
de papel crepé amarillo,

soplando por el balcón
lindas pompas de jabón,

sin saber que estamos tristes
cual canarios sin alpiste...

Hay que ir a visitarlo
a nuestro rey e informarlo!

Todos pronto —¡¡¡Sí!!! —dijeron
y contentos aplaudieron.

—Pues entonces, compañeros,
que suba al alfiletero,

que dé ¡ya! un paso adelante
quien sea representante,

quien se marche como tal
hacia el palacio real

en cajita de carey
a protestar ante el rey.

Doña Aguja de Tejer
dijo: —Yo no sé qué hacer...

El Conde Alfiler de Gancho,
con su bastón y su rancho

y fumando un rico habano
dijo: —Me lavo las manos...

Don Carretel de Hilo Rojo
–puro barba y anteojos–

dijo, en una voltereta,
—Es mejor que no me meta.

Alfiler de Cabecita
tarareó una vidalita

y alisándose el vestido
se hizo el desentendido.

El más gordo Ovillo de Hilo
se tomó su té de tilo,

se abanicó, en su sillón,
con la hoja de un malvón

y comentó con desgano:
—Yo no sirvo... soy anciano.

Doña Aguja de Crochet
hizo un paso de ballet

y girando se la vio
pero... desapareció.

Así entonces, cada cual,
se disculpó ante Dedal.

Y se fueron, en hilera,
las agujas... las tijeras...

Arrastrando los carteles,
el grupo de carreteles,

las agujas de coser
y hasta el último alfiler...

Archivó el caso Dedal...
y ya todo siguió igual.

Dibuja aquí

DÓNDE DÓNDE

¿Dónde van las mariposas,
dónde van?
¿Las libélulas danzantes,
dónde están?
¿Y esa langosta acróbata
del jardín,
dónde se oculta con su hijo
saltarín?
¿Dónde se esconden mis bichos
cuando llueve?
¿Puede alguien responderme?,
¿alguien puede?
¿Y el torito, a su bonete
de arlequín
lo resguarda como el grillo
a su violín?
Quizá tengan ya las caras
tan mojadas…

y antenas, alitas, patas
empapadas…
Ah… ¡Que el sol ponga ya en marcha
su gran fragua!
Mis bichos no tienen botas
ni paraguas…

GALLINITA BLANCA

Murió mi gallina blanca
–la pigmea–
la de plumas de algodón
y piquito de azalea.
¿Será cierto que hay un cielo
para aves?
¿Cómo lo podrá alcanzar
si el camino no lo sabe?
¿Habrá quizá un ángel gallo
que la oriente,
a mi gallinita ciega,
pequeña bella durmiente?
Quiso irse en primavera,
pobrecita...
Era ella tan romántica,
sentimental y bonita
que tristes gallos juglares
–de madrugada–
cantan un kikirikí
con las crestas enlutadas.

Receta para hacer un poema

Para hacer un poema se necesita
tomar las lucecitas de blancos sueños,
pegarlas con la magia de una varita
a la hoja rayada de algún cuaderno...

Para hacer un poema se necesita
saber cortar las olas con la tijera,
coserlas a las nubes y, en calesita,
fabricar un sol rojo sin primavera.

Para hacer un poema se necesita
la ayuda de arañas... de golondrinas...
de las arpas del viento que se dan cita
con la tarde gitana por las esquinas...

Y por fin, del hada que –con alas bellas–
vuela en la sirena que escapa de un barco...
y a veces, salir a juntar las estrellas
que la noche loca tira por los charcos.

La vaca caprichosa

Una vaca, en Yapeyú,
no quería decir "mu".
—Mi caprichosa Lulú,
¡debes mugir con la u!
—le pedía su mamá...
Contestaba: —Moo... mee... maa...
—¡pero no decía mu!

DE ANTENAS Y TELEVISORES

La antena de mi terraza
anteayer se fue de casa.
En su vestido de plata
una lágrima de lata
había visto yo ese día.
¡Quién sabe qué pasaría!
Desde entonces, sí señor,
mudo está el televisor.
Si lo quiero interrogar,
no hay caso: no quiere hablar.
Ya no me guiña su ojazo
si lo miro cuando paso.
Debo entonces suponer
que tuvo algo que ver
con la huida de mi antena,
con su lágrima y su pena...
Cualquiera, creo, diría
que ellos dos no se entendían...
que les costaba aguantarse

y querían separarse...
Sin embargo, cosa rara,
el tele tiene la cara
tan tristona y apagada...
que yo ya no entiendo nada.
Si alguien ve correr de prisa
a mi antena en las cornisas
o saltando en su terraza,
pídale que vuelva a casa,
que el tele extraña a su amiga...
aunque él no se lo diga.

LA PAVA CANTANTE

Canta la pava
sobre la hornalla...
¡Qué hermoso oírla
mientras ensaya!
Canta canciones
muy divertidas
de las burbujas...
del agua hervida...
Lleva el compás
con su sombrero:
tap-tap, tap-tap
marca ligero.
Vuela su voz,
casi mojada,
de esa nariz
tan respingada.
Cuando está triste
canta bajito
sólo un susurro
de humo finito.

LA BALLENA BEBÉ

Una ballena bebé
(o sea, una ballenita)
por culpa de un pescador
perdió un día a su mamita...
y en su cuna de coral
quedó, entonces, muy solita.

Lloró mucho, acurrucada
bajo su colcha de arena...
pero si el mar es mojado
y sala todas las penas
¿quién diablos iba a notar
sus lágrimas de ballena?

Pero una vez, en que estaba
haciendo tristes pucheros,
se le acercó un submarino,
y como era el primero
que ella veía bajo el mar,
siguió feliz su sendero.

—Pero, ¡ay! ¿qué es eso que
mi periscopio está viendo...?
—así gritó el submarino—.
¿Una ballena siguiendo
la ruta que abro en el mar...?
¿Qué querrá...? ¡Yo no comprendo!

Pero de pronto sintió
una caricia chiquita
en su cara de metal
y oyó que la ballenita
con amor le repetía:
—¡Por fin volviste, mamita!

Y emocionado entendió
el submarino tan duro:
adoptó a la ballenita
su corazón de aire puro
y, desde entonces, van juntos...
Yo los he visto. Lo juro.

LOCURA DE RELOJES

Los relojes de mi casa, cierta vez,
se volvieron todos locos a las tres:
uno se sonrió,
otro tartamudeó
y el tercero dio las horas al revés.

LOS NÚMEROS

El número UNO
vive en una casa
solo... ¿Qué le pasa?

El número DOS
es de los amigos.
Tiene dulce voz.

El TRES se divierte
y sus medias lunas
prende para verte.

CUATRO Maravilla,
patas para arriba
te ofrece su silla.

El CINCO te espera
usando una recta
gorra con visera.

El SEIS, bostezando,
con su pluma roja
se viene acercando.

Te saluda el SIETE
y su regia espada
al medio se mete.

El OCHO, que pinta,
aquí te regala
dos ruedas de tinta.

El NUEVE, celoso,
trae para darte
un globo precioso

y el loco Don CERO
se viene rodando
por todo el sendero.

Para que tú te duermas

Para que tú te duermas...

El sueño se escapa
de mi tibia almohada
y trepa a tu cuna
con jazmín bordada.

Allí está esperando
tu sueño enanito,
lo veo hamacando
entre tus ojitos.

Se bebe en tu cuna
la leche abrigada
que vierte la luna
sobre la frazada.

Como blanca cera
pinta tu cabeza...

¡Qué leche lunera
mojando tu pieza!

Para que tú te duermas...

Procesión de grillos
—con finos pijamas
de color membrillo—
marcha en la ventana.

Siguen el sendero
siete mariposas,
todas con ruleros,
cofias y esas cosas.

Dando vueltas raras,
puestas del revés,
andan por tu cara
en puntas de pies.

Y llegan orondas,
junto a la persiana,
hormigas en ronda
cantando una nana.

Descalzo, un mosquito
toca el bandoneón
y con un tanguito
cierra la función.

Para que tú te duermas...

La noche mirando
dice que ya es hora
y va bostezando
mientras te devora.

Dibuja aquí

EL CUENTO DE PACO

Éste es el cuento de Paco
y su hermanita, la rubia,
la que moja medialunas
en los charquitos de lluvia,
la que estornuda tres veces
cada vez que le parece.

Éste es el cuento de Paco
y su hermana, la morocha,
la que pinta atardeceres
de rojo, con una brocha,
la que usa una trenza rara
y un lunar viejo en la cara.

Éste es el cuento de Paco
y su hermana pelirroja,
que vive en la chimenea
y desayuna con hojas,
que juega con el hollín
y lo enreda con piolín.

¿Pero es el cuento de Paco
o el cuento de sus hermanas?
Pues, con Paquito o sin Paco,
lo cuento si tengo ganas...
y como ya estoy cansada…
mejor no te cuento nada.

ABANICO

El pobre abanico
quedó en el baúl,
junto al miriñaque
y la cofia de tul.

En traje de seda
con flores de azahar
–pintadas a mano–
ya no va a pasear.

Nadie lo recuerda...
Todos tienen prisa...
Ninguno le pide
su baile de brisa.

La gente prefiere.
al ventilador
o a su rico nieto,
acondicionador.

Por eso, en las noches
tibias como mantas,
busco al abanico
y le digo: —¡Me encantas!

Y él, regalando
su frágil aliento,
vuelve a ser –dichoso–
danzarín del viento.

EL REINO DE AJEDREZ

Mientras los reyes se beben
sus sopitas con bombillas,
los peones –aunque no deben–
les declaran la guerrilla:

—¡Que todos los peones luchen
en el Reino de Ajedrez,
así, quizá, nos escuchen
siquiera por una vez!

—¡No es justo que trabajemos
sin descanso, día y noche,
mientras a los reyes vemos
mateando y paseando en coche!

Y los peones guerrilleros,
con boinas color rubí,
bombardean los senderos
con pólvora de alhelí.

Por la mitad del tablero,
—las coronas al revés—
se van, huyendo ligero,
los reyes del Ajedrez.

Pero, corre que te corre,
los detiene un guerrillero,
los encierra en una torre
con candado y carcelero.

La Reina Negra suspira:
—¡Oh, qué haré sin mi palacio!
—La Reina Blanca la mira
y peina su pelo lacio:

—¡A los peones insolentes
los ahogaré en un embudo!
—Los reyes, indiferentes,
lo pasan jugando al ludo.

Ya desfilan los peones,
todos con alegre gesto.
La banda toca canciones
de Los Beatles, por supuesto.

Se han aliado los alfiles:
en sus caballos montados
disparan con sus fusiles
balas de papel picado.

Según una nueva ley,
después de media semana,
la Reina Blanca y su Rey
se asoman a la ventana.

Detrás de ellos aparece
la real y negra pareja.
El Rey, pálido, parece
un fantasma tras la reja.

El Rey Blanco, con bonete,
pide a los peones la paz.
Gran justicia les promete
y guerrillas... nunca más.

Así es como, entonces, todos
en el Reino de Ajedrez
trabajan —de un y mil modos—
con un sueldo a fin de mes.

El Rey Negro es carpintero,
su esposa inspecciona escuelas.
El Blanco vende baleros,
su Reina pinta rayuelas.

PARA CAZAR UN PANADERO

Tibia pelusita
que pasas flotando...
Blanca coronita...
¡Te estoy alcanzando!

Tu pan enanito
busco, panadero.
Blando capullito…
¡Dame lo que quiero!

¿Que no? Aunque me canse
serás mío, creo.
En cuanto te alcance
te pido un deseo.

¡Ya está! ¡Ya te tengo,
blanco molinero!
Grito, voy y vengo:
¡Cacé un panadero...!

CUENTO DE MENTIRA

Ayer me pidió Edelmira
un cuentito de mentira.

Que no, que sí, como ve
este cuento le conté:

"Vi una camaleona
con un camaleón

paseando hace un rato
y un negro ratón,

y para Edelmira
cuento el papelón

de la camaleona
con el camaleón:

Ella iba en bombacha,
él en bombachón.

Ella sin camisa,
él en camisón.

Él llevaba un bolso
y ella un bolsón,

ella con dos manchas
y él con un manchón.

Pero la pareja
me dijo: —Perdón

¡váyase al teatro
si quiere función!

Desaparecemos...
¡Abajo el telón!"

¿Cómo? ¿Qué dice, señor?
¡Hable alto, por favor!

¿Que nunca vi a camaleones
hacer tantos papelones

y ni conozco a Edelmira?
¡Si es un cuento de mentira!

En la palabra zoológico

En la palabra *Zoológico*...
hay un **Z**orrino insolente,
dos **O**sos blancos enanos,
un **L**eón flaco, con lentes,
un **O**so calvo, africano,
un **G**orila impertinente,
una **I**guana nadadora,
una **C**ebra peleadora
y otro **O**so negro, sin dientes...

Debiera estar enjaulada:
¡Es palabra peligrosa!
La gente no nota nada...
la deja suelta... ¡Qué cosa!

Dibuja aquí

Canción de lo que tengo

Tengo para darte
mi oso de peluche,
un copo de nieve
dentro de un estuche
catorce boletos
de esos "capicúa"
y un collar de gotas
nuevas de garúa...

Tengo para darte
besos de juguete,
dos vueltas-manzana
en monocohete,
mi risa enjaulada,
madejas de espuma,
la mejor platea
para ver la luna...

Tengo para darte
mi mantel, mi mesa,
alguna latita
llena de tristeza...,
hilos de arco iris
que a veces consigo
y todos mis ratos...
si tú eres mi amigo.

LOS DOS ABUELOS

¿Qué dirán ustedes
si ahora les cuento
de mis dos abuelos
con sus barbas viejas?
Pues uno ha nacido
en Galicia bella...
Por canción de cuna
oyó una muñeira;
tamboril y gaita
llenaron sus fiestas
en tierras de España...
en tierras gallegas...
Y el otro ha nacido
frente al Mar del Norte,
en tierra germana
de hermosas leyendas...
Su nana fue el canto
del cucú en la selva;
los pinos, de nieve

en sus Nochebuenas…
Y yo, que orgullosa
me llamo su nieta
tengo, a veces, ganas
de bailar muñeira,
de vestir un traje
de moza gallega
y andar por las calles
de mi patria nueva...
o de pronto siento
toda el alma llena
al oír palabras
de antiguos poemas,
de música y cantos
de Alemania vieja...
¿Qué dirán ustedes
cuando se den cuenta
que hay dos pajaritos
volando en mis venas?

ME DIJO...

Me dijo Don Gato:
—Encontré tu media
llena de palabras
dentro del zapato.

Me dijo Teresa:
—Ayer a la noche,
leí un cuento tuyo
escrito en la mesa.

Me dijo el bombero:
—Apagué un incendio
de tus versos locos
dentro del ropero.

Y me digo yo:
—¿Adónde se ha ido
este poemita
que ya terminó?

MI PARAGUAS PERDIDO

Mi paraguas color cielo,
te he perdido... No hay consuelo.
En un ómnibus plateado
te quedaste abandonado...
¿Quién será el que te encontró?
¿Te mimará como yo?
¿Tu nuevo dueño y señor
sabrá que eres soñador,
que te gusta ir –enguantado–
a volar por los tejados?
¿Sabrá que en tardes lluviosas
cobijas las mariposas
bailoteando en tus varillas?
¿Le dirás de esa sombrilla
que tus amores no quiso
y a un moderno plegadizo
prefirió para marido?
¿Entenderá que has sufrido
y que, a veces, de tristeza,

derrames en su cabeza
alguna gotita fría?
¿Le contarás algún día
todos los cuentos que sabes
que en tu techito azul caben,
mi golondrina de seda?
¡Ay! Tal vez alguno pueda
darme noticias de ti...
manchita azul que perdí...
mi paraguas... mi paraguas...

Noticia

Anteayer, la tortuga Tomasa
dijo: —¡Quiero mudarme de casa!,
    ¡a una más fina,
    con baño y cocina,
dormitorio, balcón y terraza!

Cuento con doce ni

Conozco una ardilla
de nombre Azucena...
(ni mala ni buena).

Si tiene apetito
come cucuruchos
(ni pocos ni muchos).

Usa una tableada
falda color guinda
(ni fea ni linda)

y un par de sandalias
de algas marinas
(ni gruesas ni finas).

Con su amigo ardillo
Don Juan Federico
(ni pobre ni rico),

baila ella una jota
bien aragonesa
(ni sueca ni inglesa).

CONTRAFÁBULA DE LA CIGARRA
Y LAS HORMIGAS

¡Canta, canta, mi cigarra,
tu bello canto amarillo!
¡Dame tu hilito de plata,
breve y sencillo!
Con tu trompeta de lata
y tus alas de rocío,
¡sigue cantando, cigarra,
tu canto es mío!
Que digan que estás de farra,
que eres vaga, las hormigas...
¿Qué saben ellas de tu arte,
mi dulce amiga?
Déjalas, nomás, retarte...
Perdónalas..., pobrecitas...
Sucede que ellas no entienden
tu cancioncita...

Pues entonces... ¡Canta, canta
tu bello canto amarillo!
¡Dales tu hilito de plata,
breve y sencillo!

LA TARDE DE OTOÑO

La tarde de otoño
va a pasear en bote
por el lago frío...
Lleva en el escote
botón de rocío.

Vuelca de una copa
la primer neblina
y recoge en ella
color de glicinas...
(color de flor bella...).

La tarde de otoño
se quedó dormida
en medio del lago
y sueña, rendida,
con duendes y magos.

ÍNDICE

Esta sexta reimpresión de 2.000 ejemplares se terminó de imprimir Encuadernción Aráoz S.R.L., Av. San Martín 1265, (1704) Ramos Mejía, Buenos Aires, República Argentina.